VENTE
Du Mardi 26 Mai 1908
HOTEL DROUOT, SALLE N° 6
À DEUX HEURES

TABLEAUX MODERNES

DESSINS, AQUARELLES, PASTEL

GRAVURES

COMMISSAIRE-PRISEUR
Mᵉ HENRI BAUDOIN
Successeur de Mᵉ PAUL CHEVALLIER

EXPERT
M. JULES FÉRAL

CATALOGUE

DE

Tableaux Modernes

AQUARELLES, DESSINS, PASTEL

GRAVURES

par

BAIL, ROSA BONHEUR, BOUDIN, G. BOULANGER, CALAME, CHARLEMONT, CÉZANNE, CHINTREUIL, CORMON, COURBET, DAUMIER, E. DETAILLE, DIAZ, GAGLIARDINI, HARPIGNIES, G. JACQUET, JAPY, LAVIEILLE, LÉPINE, LEPOITTEVIN, MEISSONIER, J. NOEL, PALIZZI, RAFFET, ROCHEGROSSE, ROYBET, TASSAERT, TOUDOUZE, TOULOUSE-LAUTREC, VOLLON, WORMS, ZIEM, ETC., ETC.

Dont la Vente aura lieu à Paris

HOTEL DROUOT, SALLE N° 6

Le Mardi 26 Mai 1908, à deux heures

COMMISSAIRE-PRISEUR
Me HENRI BAUDOIN
Successeur de Me Paul CHEVALLIER
10, rue Grange-Batelière

EXPERT
M. JULES FÉRAL
7, rue Saint-Georges
PARIS

EXPOSITION PUBLIQUE

Le Lundi 25 Mai 1908, de 2 heures à 6 heures

CONDITIONS DE LA VENTE

Elle sera faite au comptant.

Les adjudicataires paieront *dix pour cent* en sus des enchères.

Paris. — Imprimerie de l'Art, CH. BERGER et Cie, 41, rue de la Victoire.

DÉSIGNATION

DESSINS, AQUARELLES, PASTEL

GRAVURES

BERTON (Armand)

1 — *La Communiante.*

Pastel.
Signé à gauche.
Haut., 1 m. 02 cent.; larg., 65 cent.

BONHEUR (Rosa)

2 — *Chien rapportant une bécasse.*

Aquarelle.
Signée à gauche.
Haut., 22 cent.; larg., 21 cent.

DAUMIER (Honoré)

3 — *Le Violoniste.*

Dessin au lavis d'encre de Chine.
Signé des initiales.
Haut., 30 cent.; larg., 21 cent.

DETAILLE (Édouard)

4 — *Matinée de Printemps.*

Dessin à la plume.
Signé et daté : *1878.*

Haut., 25 cent.; larg., 17 cent.

GAMBARD (Augustin)

5 — *L'Arlésienne.*

Trois aquarelles gouachées.

GIACOMELLI (Hector)

(DEUX PENDANTS)

6 — *The Morning bath.*

7 — *The Farmer's friends.*

Aquarelles.
Signées.

Haut., 30 cent.; larg., 46 cent.

HARPIGNIES (Henri)

8 — *La Seine à Paris.*

Aquarelle.
Signée et datée : *1886.*

Haut., 28 cent.; larg., 39 cent.

HARPIGNIES (Henri)

9 — *La Place de la Concorde.*

Aquarelle.
Signée et datée : *87.*

Haut., 31 cent.; larg., 27 cent.

HARPIGNIES (Henri)

10 — *Vue des Environs de Nice.*

Aquarelle.
Signée à gauche et datée : *1886.*

Haut., 35 cent.; larg., 25 cent.

HARPIGNIES (Henri)

11 — *L'Étang.*

Aquarelle.
Signée à gauche et datée : *1888.*

Haut., 18 cent. ; larg., 27 cent.

HARPIGNIES (Henri)

12 — *Rochers et cours d'eau.*

Aquarelle.
Signée à gauche.

Haut., 18 cent., larg., 26 cent.

JAPY (Louis-Aimé)

13 — *Le Bac du Passeur.*

Gouache.
Signée à droite et datée : *83.*

Haut., 54 cent.; larg., 65 cent.

LALANNE (Maxime)

14 — *Paysage.*

Gravure, d'après Corot.

MAROLD

15 — *“ Ses Beaux Yeux étaient fermés. ”*

Composition pour Atala.
Dessin au lavis.

Haut., 24 cent.; larg., 26 cent.

MAROLD

16 — *Frontispice pour Atala.*

Aquarelle gouachée.

Haut., 22 cent.; larg., 10 cent.

MONTICELLI (Attribuée à)

17 — *Le Départ pour la promenade en bateau.*

Aquarelle gouachée.

Haut., 45 cent.; larg., 36 cent.

RAFFET (Denis-Auguste)

18 — *Mameluks.*

Aquarelle.
Signée à gauche.

Haut., 28 cent.; larg., 22 cent.

RODRIGUES (A.)

19 — *Toréador.*

Aquarelle.

Haut., 35 cent.; larg., 25 cent.

TOUDOUZE (Édouard)

20 — *Chronique du règne de Charles IX.*

Dessin à la plume.

Haut., 38 cent.; larg., 21 cent.

VIBERT (D'après)

21 — *Gravures.*

ZIEM (Félix)

22 — *Intérieur de forêt.*

Aquarelle.
Signée à gauche.

Haut, 23 cent.; larg., 16 cent.

23 — Sous ce numéro seront vendus des dessins ou aquarelles non catalogués.

TABLEAUX MODERNES

ALLONGÉ (Auguste)

24 — *Une Allée à Plombières.*

Signé à gauche.

Toile. Haut., 55 cent.; larg., 33 cent.

ARCOS (L.)

25 — *Le Torero.*

Signé et daté : *79.*

Bois. Haut, 16 cent.; larg., 8 cent.

BAIL (Joseph)

26 — *Tasse d'argent, bouteille et grappe de raisin.*

Signé à gauche.

Toile. Haut, 65 cent.; larg., 46 cent.

BERGERET (Pierre)

27 — *Fleurs dans un vase.*

Signé et daté : 72.

Toile. Haut., 1 mètre; larg., 70 cent.

BERTON (Armand)

28 — *La Jeune Ménagère.*

Signé et daté : *91.*

Toile. Haut., 72 cent.; larg., 58 cent.

BILLOTTE (René)

29 — *Le Bateau de paille.*

Signé et daté : *83.*

Toile. Haut., 60 cent.; larg., 45 cent.

BLUM (Maurice)

30 — *Le Cirque.*

Signé à droite.

Bois. Haut., 25 cent.; larg., 20 cent.

BONHEUR (Rosa)

31 — *Étude de paysage.*

Signé à droite.

Toile. Haut., 23 cent.; larg., 31 cent.

BOUDIN (Eugène)

32 — *Le Bassin de Deauville.*

Signé et daté : *1894.*

Bois. Haut., 40 cent.; larg., 32 cent.

BOULANGER (GUSTAVE)

33 — *Arabe portant un enfant.*

Signé et daté : *1878.*

(*Dédié à Alfred Arago.*)

Toile. Haut., 46 cent.; larg., 26 cent.

BUSSON (CHARLES)

34 — *Chasseur au bord d'un étang.*

Signé à gauche.

Toile. Haut., 72 cent.; larg., 43 cent.

CALAME

35 — *Vue d'un lac suisse.*

Toile. Haut., 26 cent.; larg., 37 cent.

CAREL

36 — *L'Automne.*

Toile. Haut., 33 cent.; larg., 24 cent.

CASANOVA Y ESTORACH

37 — *Une Galante entreprise.*

Toile. Haut., 14 cent.; larg., 20 cent.

CASANOVA Y ESTORACH

38 — *Le Cardinal.*

Bois. Haut., 8 cent.; larg., 6 cent.

CASANOVA Y ESTORACH

39 — *La Bouteille de Chartreuse.*

Bois. Haut., 7 cent.; larg., 9 cent.

CASTAN (Gustave)

40 — *Village fortifié au bord de la mer.*

Signé à droite.

Toile. Haut., 55 cent.; larg., 1 mètre.

CÉRAMANO

41 — *Bergère et Moutons sous bois.*

Signé à droite.

Toile. Haut., 73 cent.; larg., 58 cent.

CÉZANNE (P.)

42 — *Maisons sous bois à Auvers-sur-Oise.*

Signé et daté : *1873.*

Toile. Haut., 60 cent.; larg., 49 cent.

CHARLEMONT (E.)

43 — *Polichinelle jouant de la flûte.*

Signé : *E. C.*

Bois. Haut, 1 m. 03 cent.; larg., 69 cent.

CHIFFLART (François)

44 — *Gaulois combattant.*

Signé en haut, à gauche.

Toile. Haut., 32 cent.; larg., 40 cent.

CHINTREUIL (Antoine)

45 — *Le Ruisseau des Gredeux.*

Signé à gauche.

Toile. Haut., 40 cent.; larg., 31 cent.

CORMON (Fernand)

46 — *La Jeune Femme au chien.*

Une jeune femme vêtue d'une robe japonaise regarde un petit chien faisant le beau sur une table couverte d'un tapis d'Orient.

Signé à droite et daté : *1884*.

Toile. Haut., 57 cent.; larg., 35 cent.

COURBET (Gustave)

47 — *Marine, effet de soleil couchant.*

Signé et daté : *65.*

Toile. Haut., 28 cent.; larg., 45 cent.

DAUMIER (Attribué à Honoré)

48 — *Bouderie.*

Peinture sur papier.

Haut., 29 cent.; larg., 35 cent.

DESHAYES (Eugène)

49 — *Sous bois.*

Signé à gauche et daté : *65.*

Toile. Haut., 32 cent.; larg., 17 cent.

DIAZ (Narcisse)

50 — *La Femme aux fleurs.*

Marchant dans la campagne, vêtue d'une jupe bleue, sa chemise tombée des épaules découvrant sa poitrine, les cheveux longs, elle tient du bras gauche une corbeille de fleurs appuyée sur la hanche, et cueille une branche de pavots.

Signé à droite.

Bois. Haut., 29 cent.; larg., 18 cent.

DIAZ (Narcisse)

51 — *La Baigneuse.*

Debout, dans la forêt éclairée des dernières lueurs du jour, elle a déjà mis un pied dans le cours d'eau.

Appuyée sur un rocher où est posée son écharpe rose, elle tient un voile blanc sur le bras droit replié sur sa poitrine.

Un chien est assis à gauche.

Signé des initiales.

Bois. Haut., 29 cent.; larg., 18 cent.

DUPRAY (Henri)

52 — *Les Lanciers.*

Signé et daté : *1883.*

Toile. Haut., 54 cent.; larg., 45 cent.

FLAMENG (Auguste)

53 — *Les Pêcheuses.*

Signé à gauche.

Bois. Haut., 33 cent.; larg., 55 cent.

FLAMENG (Auguste)

54 — *La Sortie du port.*

Signé à gauche.

Bois. Haut., 35 cent.; larg., 26 cent.

FLAMENG (Auguste)

55 — *Bateau de pêche.*

Signé à gauche.

Bois. Haut., 44 cent.; larg., 54 cent.

FLAMENG (Auguste)

56 — *Le Retour de la pêche.*

Signé à gauche.

Bois. Haut., 28 cent.; larg., 38 cent

FURET (F.)

57 — *Le Lac.*

Signé à droite.

Toile. Haut., 36 cent.; larg., 54 cent.

GAGLIARDINI (Julien)

58 — *Le Canal.*

Signé à gauche.

Bois. Haut., 34 cent.; larg., 25 cent.

GAGLIARDINI (Julien)

59 — *La Guépie.*

Signé à droite.

Toile. Haut., 37 cent.; larg., 52 cent.

GAGLIARDINI (JULIEN)

60 — *Retour de la pêche.*

Signé à droite.

Bois. Haut., 37 cent.; larg., 53 cent.

GAGLIARDINI (JULIEN)

61 — *Village en Provence.*

Bois. Haut., 26 cent.; larg., 39 cent.

GAGLIARDINI (JULIEN)

62 — *La Vallée.*

Signé à droite.

Toile. Haut., 37 cent.; larg., 54 cent.

GARRIDO

63 — *L'Oiseau mort.*

Signé à gauche.

Toile. Haut., 72 cent.; larg., 55 cent.

GEGERFELT (W. DE)

64 — *Vue de Hollande.*

Effet de neige.
Signé et daté : 79.

Bois. Haut., 39 cent.; larg., 32 cent.

HARPIGNIES (Henri)

65 — *Chaumières dans la campagne.*

Signé et daté : *93*.

Toile. Haut., 22 cent.; larg., 34 cent.

JACQUET (Gustave)

66 — *Jeune Fille en buste.*

Signé à gauche.

Bois. Haut., 26 cent.; larg., 21 cent.

KUHL (G.)

67 — *La Lecture de la Gazette.*

Signé à droite.

Bois. Haut., 13 cent.; larg., 18 cent.

LAVIELLE (Eugène)

68 — *Village au bord d'une route.*

A gauche, le cachet de la *Vente Lavielle.*

Toile. Haut., 34 cent.; larg., 47 cent.

LE GOUT GÉRARD (F.)

69 — *Vue de Bretagne.*

Signé et daté : *1897*.

Toile. Haut., 32 cent.; larg., 54 cent.

LÉPINE (S.)

70 — *Une Rue de village.*

Elle est bordée de hautes maisons et creusée, au centre, d'un caniveau. Une femme porte un enfant dans ses bras, deux autres femmes causent sur le seuil d'une porte. Dans le fond, d'autres personnages.

Signé à gauche.

Toile. Haut., 55 cent ; larg., 37 cent.

LÉPINE (S.)

71 — *Vue de Paris.*

Signé à droite.

Bois. Haut., 15 cent.; larg., 23 cent.

LEPOITTEVIN (EUGÈNE)

72 — *Vue de Ville.*

Toile. Haut., 53 cent.; larg., 63 cent.

LERAY (PRUDENT-LOUIS)

73 — *Reître à l'auberge.*

Signé à droite.

Bois. Haut., 32 cent.; larg., 24 cent.

LÉVY (Henri)

74 — *L'Odalisque.*

Signé à droite.

Toile. Haut., 50 cent.; larg., 60 cent.

MEISSONIER (Ernest)

75 — *Cavalier buvant.*

(*Étude provenant de la vente Meissonier.*)

Signée du monogramme.

Bois. Haut., 16 cent.; larg., 10 cent.

MESGRIGNY (François de)

76 — *Bords de rivière.*

Signé à gauche.

Toile. Haut., 29 cent.; larg., 44 cent.

MOREAU (Nicolas)

77 — *Cavalier en veste rouge.*

Signé à droite.

Toile. Haut., 31 cent.; larg., 39 cent.

MURATON (Mme EUPHÉMIE)

78 — *Oranges et biscuits.*

Signé à droite.

Toile. Haut., 28 cent.; larg., 42 cent.

NOEL (JULES)

79 — *Vue de Quimperlé.*

Signé et daté : *1877.*

Toile. Haut., 37 cent.; larg., 54 cent.

PALIZZI

80 — *Le Retour du marché.*

Signé à gauche.

Toile. Haut., 52 cent.; larg., 72 cent.

PETIT (EUGÈNE)

81 — *Oiseaux morts.*

A droite, le cachet de la vente E. Petit.

Toile. Haut., 42 cent.; larg., 57 cent

PETIT (Eugène)

82 — *Bouquets de roses dans un vase.*

Signé à droite.

Bois. Haut., 45 cent.; larg., 31 cent.

PÉZANT (Aymar)

83 — *L'Abreuvoir.*

Signé à droite.

Toile. Haut., 49 cent.; larg., 59 cent.

PICABIA (F.)

84 — *Effet de neige sur les bords de l'Yonne par le soleil.*

Signé à gauche et daté : *1906.*

Toile. Haut., 66 cent.; larg., 92 cent.

PILLE (Charles-Henri)

85 — *Un Soldat de la République.*

Signé des initiales.

Toile. Haut., 53 cent.; larg., 43 cent.

PORTAELS

86 — *Caravane en Égypte.*

Signé et daté : *1847.*

Toile. Haut., 29 cent.; larg., 43 cent.

PORTAELS

87 — *Scène du désert.*

Signé à droite.

Toile. Haut., 29 cent.; larg., 43 cent.

PORTAELS

88 — *Aux Ajoncs.*

Signé et daté : *1888.*

Bois. Haut., 26 cent.; larg., 34 cent.

RAFFORT (Étienne)

89 — *Le Jeu du Palet.*

Signé à droite et daté : *1834.*

Toile. Haut., 41 cent.; larg., 66 cent.

RIBOT (GERMAIN)

90 — *Les Cuisiniers.*

Signé à droite.

Bois. Haut., 31 cent.; larg., 41 cent.

RICARD (GUSTAVE)

91 — *Jeune Femme en buste.*

Toile marouflée sur panneau.

Haut., 42 cent.; larg., 34 cent.

ROBERT-FLEURY (TONY)

92 — *Étude pour Le Titien.*

Signé et daté : *1881.*

Toile Haut., 35 cent.; larg., 25 cent.

ROCHEGROSSE (G.)

93 — *Mélancolie.*

Signé en haut et à droite.

Toile. Haut., 43 cent.; larg., 30 cent.

ROYBET (Ferdinand)

94 — *Le Fou.*

Signé à droite.

Toile. Haut., 55 cent.; larg., 45 cent.

TASSAERT (Nicolas)

95 — *Enfants iouant avec des lapins.*

Signé à droite.

Toile. Haut., 40 cent.; larg., 32 cent.

TOULOUSE-LAUTREC (Henri de)

96 — *Chez le Sculpteur.*

Signé en haut, à gauche.

Toile. Haut., 55 cent.; larg., 46 cent.

TOULOUSE-LAUTREC (Henri de)

97 — *Spartiate montrant à son fils un ilote ivre.*

Esquisse.

Bois. Haut., 22 cent.; larg., 16 cent.

TROUILLEBERT (Paul-Désiré)

98 — *Maisons rustiques au bord d'un cours d'eau.*

Signé à droite.

Toile. Haut., 40 cent.; larg., 32 cent.

VILLEVIEILLE (Léon)

99 — *Le Passeur.*

Signé à droite et daté : *1854.*

Toile. Haut., 38 cent.; larg., 63 cent.

VOLLON (Alexis)

100 — *La Moisson.*

Bois. Haut., 32 cent.; larg., 40 cent.

WASHINGTON (Georges)

101 — *Cavaliers arabes.*

Signé à droite.

Toile. Haut., 50 cent.; larg., 61 cent.

WATELIN (C.)

102 — *Mare en forêt.*

Signé à gauche et daté : 73.

Toile. Haut., 39 cent.; larg., 54 cent.

WORMS (JULES)

103 — *La Rixe.*

Signé à droite.

Toile. Haut., 60 cent.; larg , 50 cent.

104 — Sous ce numéro seront vendus des tableaux non catalogués.

www.ingramcontent.com/pod-product-compliance
Ingram Content Group UK Ltd.
Pitfield, Milton Keynes, MK11 3LW, UK
UKHW032030260826
14628UKWH00006B/2855

9 782329 461939